Look at Me I'm going to Brazil!

This book is dedicated
to my daughter
Carmela

First published in 2021 by Daniel Williamson
www.danielwilliamson.co.uk
This edition published in 2021
Text © Daniel Williamson 2021
Illustrations © Kleverton Monteiro 2021
Cover design © by Uzuri Designs 2021

Translated by Edflar Mendes

ISBN 978-1-913583-29-3

DW

www.danielwilliamson.co.uk

Look at Me
I'm going to
Brazil!

I woke up so excited today, because today I'm going to Brazil for the first time ever! I just can't wait!

Hoje, eu acordei animado porque estou indo para o Brasil pela primeira vez na vida! Não vejo a hora!

At the airport I got to have my photo taken with the pilot before our flight to Rio de Janeiro.

No aeroporto, eu pude tirar uma foto com o piloto, antes do nosso voo para o Rio de Janeiro.

When we arrived in Rio I met my Brazilian family. They were very happy to see me. They brought their puppy to meet me, his name is Toto.

Quando chegamos ao Rio, conheci minha família brasileira. Eles estavam muito felizes em me ver. Eles levaram o seu cachorrinho para me conhecer, o nome dele é Totó.

We went to the family home and had a traditional Brazilian meal. We ate churrasco, rice, beans and farofa. I love Brazilian food!

Nós fomos para a casa da família e comemos algumas comidas típicas. Nós comemos churrasco, arroz, feijão e farofa. Eu amo a comida brasileira!

After dinner my uncle played a famous Brazilian song on his guitar. The song was called 'Girl from Ipanema.' Brazilian music is beautiful!

Depois do jantar, meu tio tocou uma famosa música brasileira em seu violão. A música se chamava "Garota de Ipanema." A música brasileira é linda!

At bedtime my grandmother read me a folklore story called 'O Saci,' about a magic boy, who likes to play tricks and can control whirlwinds.

Na hora de ir para cama, minha avó leu uma história folclórica chamada 'O Saci', sobre um garoto mágico, que gosta de pregar peças e pode controlar redemoinhos de vento.

The next day we went to see Christ the Redeemer.
It's a big statue on top of Corcovado mountain
and one of the seven wonders of the world!

No dia seguinte, fomos ver o Cristo Redentor.
É uma grande estátua no topo do morro do
Corcovado e uma das sete maravilhas do mundo!

Then we went to the museum of modern art. I saw Brazilian pictures, sculptures, vídeos and photographs.

Depois, fomos ao Museu de Arte Moderna. Eu vi quadros, esculturas, vídeos e fotografias brasileiras.

I also saw some paintings by famous artist Tarsila do Amaral. I wish I could paint like her!

Eu também vi algumas obras da pintora famosa Tarsila do Amaral. Eu gostaria de saber pintar como ela!

Outside the museum was a man selling coxinha.
They are a very tasty Brazilian snack.
I ate two of them all by myself!

Do lado de fora do museu havia um homem vendendo
coxinha. Era um lanche brasileiro muito gostoso.
Comi dois sozinho!

We walked to the town square and saw two people doing Capoeira. It's an unusual but beautiful dance, very traditional in Brazil. It was wonderful to watch.

Nós andamos por uma praça e vimos duas pessoas jogando capoeira. É uma dança diferente, mas bonita e muito tradicional no Brasil. Foi incrível de assistir.

In the afternoon we went to the Maracana stadium to watch Brazil play football. A nice lady gave me a Brazilian flag to wave!

À tarde, fomos ao estádio do Maracanã para assistir uma partida do Brasil. Uma moça legal me deu uma bandeira do Brasil para balançar.

The football was really fun! Dad bought me a
T-Shirt like the players. I was shouting 'go on Brazil!'
and 'go score a goal!'

O jogo foi muito divertido! Meu pai comprou uma
camiseta igual a dos jogadores para mim. Eu gritava
'Vai, Brasil!' e 'Vamos marcar um gol!'

After the match we went to a restaurant for more yummy Brazilian food. I had 'feijoada' and a traditional dessert called 'brigadeiro.'

Depois do jogo, fomos a um restaurante para mais comida gostosa. Eu comi feijoada, e uma sobremesa tradicional chamada 'brigadeiro.'

The waiter was really funny. He even did a magic trick just for me. His name was João and he is from Bahia.

O garçom era muito simpático. Ele até fez um truque de mágica só para mim. O nome dele era João e ele é da Bahia.

In the morning it was really sunny and we all went to an orchard. Guava grows a lot here. I picked some from the trees.
De manhã estava muito sol e nós todos fomos a uma plantação de goiaba, essa fruta cresce bastante aqui. Eu peguei algumas da árvore.

I met a nice old man there and he was wearing a farmer's hat. It's a traditional hat worn in the orchards of Brazil.

Eu conheci um senhor legal e ele estava vestindo um chapéu de fazendeiro, tradicional nas plantações do Brasil.

In the car I heard different Brazilian music called Samba! I liked this music, it made me want to dance!

No carro, eu ouvi uma música brasileira diferente chamada samba. Eu gostei dessa música, me deu vontade de dançar.

We drove past an old building called Copacabana Palace. It's a huge hotel, famous for hosting many Brazilian celebrities.

Nós passamos por um prédio antigo, o Copacabana Palace. Ele é um hotel enorme, muito conhecido por hospedar várias celebridades brasileiras.

Back at the house, on our last night, the family all played a game together called 'adedanha'. It was really fun!

De volta pra casa, em nossa última noite, toda a família se reuniu para jogar adedonha. Foi muito legal!

Before going to sleep, each one of my Brazilian family gave me a gift that reminds me of Brazil. They gave me a ball, some cocada and a tambourine.

Antes de dormir, cada um da minha família brasileira me deu um presente que lembra o Brasil. Eles me deram uma bola, um pacote de cocada e um pandeiro.

I really love it in Brazil! The only problem is I can't decide what's my favourite thing.

Eu amei muito conhecer o Brasil. O único problema é que não consigo decidir qual a minha coisa favorita.

Was it the churrasco, the feijoada,
the coxinha, the beautiful music,
the football, the capoeira...

Foi o churrasco, a feijoada, a coxinha,
a música linda, o futebol, a capoeira...

...or was it the beautiful artwork, Christ the Redeemer,
the friendly people, my lovely family
and their wonderful stories?
...ou foram as belas obras de arte, o Cristo Redentor,
o povo simpático, minha linda família
e suas histórias maravilhosas?

I just can't decide because I love everything here! So much so, in fact...

Eu não consigo decidir porque eu amei tudo aqui! Muito, muito mesmo, de verdade...

I've already asked to come back real soon.
Again and again and again!

eu já pedi para voltar o quanto antes.
De novo, e de novo, e de novo!

This author has developed a bilingual book series designed to introduce children to a number of new languages from a very young age.

If you enjoyed reading this story, you will undoubtedly like popular rhyming picture books from this author which are also currently available.

A Message From The Author

I'd like to say a massive thank you to every single child and adult that read one of my books! My dream is to bring cultures together through fun illustrations, imagination and creativity via the power of books.

If you would like to join me on this journey, please visit my website danielwilliamson.co.uk where each email subscriber receives a free ebook to keep or we will happily send to a friend of your choice as a gift!

Nothing makes me happier than a review on the platform you purchased my book telling me where my readers are from! Also, please click on my links below and follow me to join my ever-growing online family! Remember there is no time like the present and the present is a gift!

Yours gratefully

Daniel Williamson

@DanWAuthor

@danwauthor

@DanWAuthor

Printed in Great Britain
by Amazon